La Pucelle

L'histoire de Jeanne d'Arc

Tome 2

La Bataille

Trilogie La Pucelle

Tome 1 : Le Feu

Tome 2 : La Bataille

Tome 3 (expected in 2025)

www.arcospublishers.com

La Pucelle

L'histoire de Jeanne d'Arc

Tome 2

La Bataille

A French novel for advanced language learners

by Jobi Dan'Sy

Illustrations by Kosovar Cocaj

ARCOS PUBLISHERS

2024

La Bataille
La Pucelle, L'histoire de Jeanne d'Arc - Tome 2

First edition 2024

Author: Jobi Dan'Sy
Illustrations: Kosovar Cocaj
Editor: Kirstin Plante
French language consultant: Céline Bonnemaiso
Proofreaders: Anny Ewing and Pamela Vazquez
Design: Arcos Publishers

Arcos Publishers
Molengouw 36
1151 CJ Broek in Waterland
The Netherlands
info@arcospublishers.com
www.arcospublishers.com

ISBN 9789490824860
BISAC HIS013000, FIC014020
Keywords: language learning, French, French history, historical novel

Contents

Foreword

My daughter was four years old when we moved to France. She had no notion whatsoever of the limits placed on us by society and revealed to people close to her that she was half fairy. We traveled for three weeks before settling into our new hometown and everywhere we went, it seemed, we came across a statue of Joan of Arc.

My half-fairy was full of questions about this young girl's life and death, and we talked about what it meant then, and what it means now, to have the workings of power and expectations set against you, and to defy that power and those expectations.

I have always found Joan's story compelling. My students acted out versions of her life in simple French, growing silly at times but always ending on a serious note as we reflected on the consequences Joan faced for defying society and upsetting the heavy machinery of power in the Middle Ages.

As I explained Joan's life to my daughter, the story became more and more unfathomable to me. This was not a fairy tale, this was a real girl who faced limits I can only imagine, who managed to turn the tide of a hundred years' war. How had she done it? How had a peasant girl, expected to marry and tend her husband's home in historical anonymity, become the figure depicted in the statues before us, this armored icon on horseback riding into battle to chase away the kingdom which had brought France to its knees?

My younger children, twins, were just over a year old when we arrived in France and will turn four as this book goes to print. Every time they see a statue of a woman, no matter who the woman is, they say, "Look, it's Joan of Arc!" They don't know yet about the limitations society places on us, but already they know the story of a girl who teaches us that anything is possible.

— Jobi Dan'Sy

Pour tous ceux qui cherchent le courage d'agir

La France, 1429

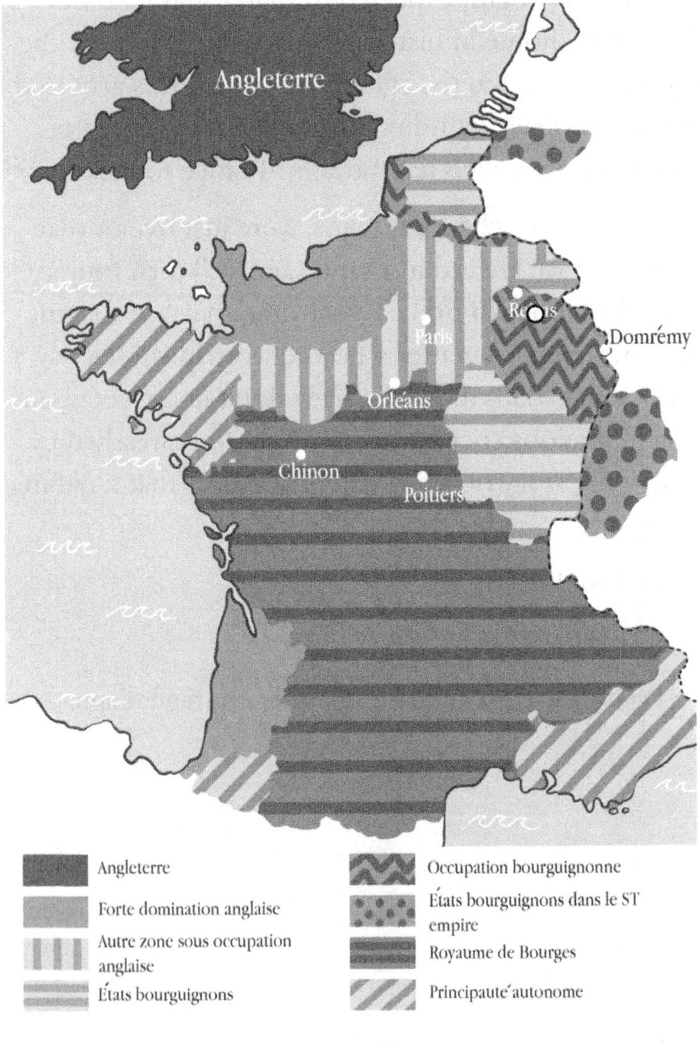

Prologue

Rouen, mai 1431

Ce matin, j'ai signé un document qui dit que ma parole est fausse, que cette histoire n'est pas vraie.

J'ai vécu ces 12 derniers mois en prison. Je suis en armure jour et nuit. Je veux dire la vérité, mais les juges me posent encore et encore les mêmes questions. Je dois bien choisir mes mots. La responsabilité est lourde. Mon armure est lourde.

Je suis née après 75 ans de guerre en France. Je n'ai pas choisi d'être née à ce moment-là. Je suis née à Domrémy, l'un des seuls villages de Lorraine qui soit resté fidèle à la France. Je n'ai pas choisi le village où je suis née. J'ai quitté ma maison pour venir au secours de la France. Je n'ai pas choisi ma mission, c'est Dieu qui m'a choisi.

Mais ce matin, j'ai dû faire un choix. Ce matin, un homme est venu à la porte de ma prison. Il m'a montré un bûcher[1]. Il m'a dit que je brûlerais si je n'obéissais pas. Il m'a donné un document à signer, et j'ai choisi de le signer.

Mon frère m'avait sauvée d'un feu quand j'avais 13 ans. Dieu m'avait choisie pour venir au secours de la France quand j'avais 16 ans. Je n'ai jamais eu beaucoup de choix dans ma vie. Mais ce matin, j'ai choisi de vivre. J'ai 19 ans.

Ma vraie histoire commence il n'y a pas si longtemps. J'avais quitté ma famille et persuadé un capitaine de me donner une armure et un groupe de soldats entraînés. J'avais 17 ans, et j'étais en route pour rencontrer le dauphin[2] Charles VII[3], le futur roi de France.

A ce moment-là, je ne savais pas que mon histoire ne m'appartenait plus. Je ne savais pas encore que mon histoire appartenait déjà à toute la France.

---

1 bûcher – pyre, pile of logs for burning
2 le dauphin – heir to the throne of France
3 Charles VII – *(see cultural glossary)*

Chapitre 1

La Pucelle[4]

Chinon[5], février 1429

Raconté par une femme d'un village près de Chinon

J'ai touché les cheveux de ma petite-fille, je l'ai regardée dans les yeux, et j'ai dit d'une voix douce :

— L'ancienne prophétie est vraie !

— L'ancienne prophétie ?

J'ai raconté la prophétie :

— Une femme perdra la France, mais une jeune fille de Lorraine la sauvera.

Ma petite-fille m'a posé beaucoup de questions :

— La France est perdue ?

— Dans le nord, il y a une terrible guerre.

— Il y a toujours eu la guerre.

4 Pucelle – maiden/virgin *(see cultural glossary)*
5 Chinon – village where the king sought refuge *(see cultural glossary)*

— Oui, ma petite, pendant toute ma longue vie, il y a eu la guerre. Mais cette nouvelle guerre est encore plus terrible.

— Pourquoi ?

— Parce que cette fois, ce ne sont pas seulement les Anglais qui nous attaquent, c'est notre propre peuple, notre propre Reine, la mère de notre bon Dauphin[6]. Elle a donné la France aux Anglais !

— La mère du Dauphin ?

— Comme elle est terrible ! Elle a donné la France aux Anglais et maintenant il y a des gens français qui se battent pour le roi anglais.

— C'est la Reine qui a perdu la France ?

— Oui, mon amour. Mais notre belle Yolande, duchesse d'Anjou[7], a protégé le gentil Dauphin, merci à Dieu. Elle l'a soigné et l'a gardé en sécurité. C'est avec sa fille qu'il s'est marié.

— Et la prophétie ? Qui sauvera la France ?

— La Pucelle. Elle est en route.

— La Pucelle ? Qui est-elle ?

---

6 Dauphin – *(see cultural glossary)*
7 Yolande, duchesse d'Anjou – *(see cultural glossary)*

— C’est une bonne fille, simple et douce, comme toi. On dit qu’elle vient d’un petit village du nord, qu’elle a eu des révélations et qu’elle entend les voix des anges. On dit que Dieu l’a choisie pour venir au secours de la France.

— Elle viendra ici ?

— Elle est en route.

Chapitre 2

Le voyage

En route, février 1429

Raconté par Jeanne

J'ai dormi pour la première fois dans mon armure. Elle était dure contre mon corps et la douleur était grande. Les voix claires des anges m'étaient venues pendant la nuit.

« Reste forte, ma Pucelle, avait dit Sainte Catherine. Ton armure te protégera. »

« Reste pure, ma Pucelle, avait dit Sainte Marguerite. Chaque homme est un danger si tu baisses[8] ta garde. »

J'étais une fille parmi des soldats. J'avais peu dormi et j'étais toujours fatiguée. Nous avons voyagé jusqu'à Chinon pendant onze jours et c'était un voyage dangereux. J'avais un groupe de soldats entraînés pour m'aider à traverser 480 kilomètres de territoires ennemis. Nous avons dû voyager la nuit. Pendant

---

8 baisses – lower

de longues journées, nous nous sommes cachés, et fatigués, nous avons essayé de dormir.

Un jour, le soldat Jean de Metz m'a demandé :

— Comment fais-tu ?

— Quoi ?

— Nous avons froid, nous avons faim, nous sommes fatigués, nous vivons des dangers en traversant des fleuves et des territoires ennemis. Tu fais tout avec grâce, tu encourages les hommes qui se sont préparés toutes leurs vies à être soldats. Pourrais-tu être vraiment humaine ?

J'ai ri, et il a ri.

— Je suis humaine, j'ai répondu, c'est sûr.

J'ai cherché les mots pour lui expliquer.

— J'ai peur de dormir. J'ai peur de l'immobilité.

J'ai pensé à mon village qui avait brûlé deux fois sous les attaques bourguignonnes[9].

— Il y a une flamme dans mon cœur qui me pousse à l'action sans fatigue. Le froid ne me touche pas, la faim ne peut pas me troubler. Mes voix me

---

9 bourguignonnes – French who sided with the English *(see cultural glossary)*

viennent tous les jours et me disent ce que je dois faire. Dieu m'a choisie et je ne peux pas le décevoir[10]. Je dois venir au secours de mon pays. Mon frère m'a sauvé la vie quand j'avais 13 ans. Je suis certaine que c'est pour ça que j'ai survécu, pour servir mon pays. Pour sauver mon pays.

Jean de Metz m'a regardée dans les yeux. Il a fait un geste vers le paysage.

— Regarde cette terre, a-t-il dit.

Nous étions en haut et pouvions voir au loin. Il a continué :

— C'est la terre française. C'est notre terre. Elle est perdue depuis longtemps. Nous allons la reprendre ensemble. Pour la première fois de ma vie je crois que c'est possible.

Je lui ai souri et il m'a souri en retour. Puis nous avons dormi sur la belle terre française.

---

10 décevoir – to let down, to disappoint

Chapitre 3

Protéger

Chinon, mars 1429

Raconté par Yolande d'Aragon, duchesse d'Anjou

La nouvelle de la jeune fille est arrivée avant elle. Alors le Dauphin m'a demandé conseil. Je me suis approchée de lui et je voyais que Georges de la Trémoille[11], le conseiller du Dauphin, était déjà arrivé. En entrant, je l'ai entendu dire avec force :

— Cette fille n'entrera pas !

Je l'ai interrompu :

— Pourquoi ne pas écouter ce qu'elle a à dire ?

— C'est un danger, mon Roi, a dit la Trémoille avec un geste d'impatience. Vous ne devez faire confiance à personne.

— Les gens disent qu'elle est envoyée par Dieu, j'ai interrompu. Qu'avec son aide nous vaincrons nos ennemis.

---

11 Georges de la Trémoille – *(see cultural glossary)*

— C'est impossible, a-t-il répondu.

— C'est impossible que Dieu nous aide à vaincre nos ennemis ? J'ai regardé la Trémoille avec hostilité.

Après un instant, la Trémoille a dit d'un ton froid :

— C'est sûr que Dieu nous aidera. Mais le Dauphin est en sécurité ici à Chinon. Avez-vous entendu ce qu'ils disent de cette fille ? C'est une simple paysanne[12]; elle vient du nord. Elle s'habille comme un homme; elle s'est même coupé les cheveux comme un homme. Elle dit qu'elle peut lever le siège d'Orléans[13] ! Croyez-vous vraiment qu'il soit possible pour une paysanne de faire mieux que toute l'armée royale française ? Elle peut être folle ; elle peut même mettre la vie du Dauphin en danger.

Je me suis détournée de la Trémoille et j'ai parlé doucement au Dauphin :

— Mon fils, ta vie est en danger depuis ta plus jeune enfance. Tu as vécu sous ma protection depuis l'âge de 10 ans et je t'ai soigné comme si tu étais mon

---

12 paysanne – peasant

13 lever le siège d'Orléans – to lift the siege of Orleans, a strategic stronghold that had been under siege by the English for four months

propre fils[14]. Mais tu n'es plus un enfant. Dans les 16 ans qui ont suivi, tu es devenu un homme. Tu t'es marié et tu es devenu père. Mais tu n'es pas encore devenu roi de France. Et devenir roi de France, c'est ton rôle.

Bien que la Trémoille a essayé de m'interrompre, j'ai continué :

— La Pucelle dit qu'elle a été choisie par Dieu, et qu'elle chassera les Anglais de France. Elle dit qu'elle te protégera, que sa mission est de te faire couronner et de sauver la France de ses ennemis.

— Tu crois son histoire ? m'a demandé le Dauphin.

— Les gens de France la croient. Elle pourrait bien nous servir. Ce serait sage de la recevoir, mais avant tout, elle devra être testée.

---

14 (*see cultural glossary*: Yolande, duchesse d'Anjou)

Chapitre 4

Le Dauphin

Chinon, mars 1429

Raconté par Jeanne

Après notre arrivée, le Dauphin nous a fait attendre et je suis devenue de plus en plus impatiente.

Le matin de la deuxième journée, Jean de Metz m'a emmenée voir la forteresse. Ensemble, nous avons regardé les murs de la forteresse, tellement grands, faits de pierre et impénétrables. Le château était derrière les murs impénétrables de la forteresse, et le Dauphin derrière les murs du château.

— Regarde ces murs, Jeanne. Ils ont été construits pour protéger les nobles de leurs ennemis pendant les périodes dangereuses. Les ennemis sont nombreux, maintenant plus que jamais.

Je savais ce qu'il voulait dire mais j'ai objecté.

— Je ne suis pas l'ennemi du Dauphin, je suis son seul espoir !

Il m'a calmée.

— Je le sais, ma Pucelle, je le sais et tu le sais, mais comment le Dauphin pourrait-il le savoir ? Il est né pendant une guerre qui dure déjà depuis 66 ans. Sa vie est en danger depuis sa plus jeune enfance. Il ne peut même pas faire confiance à son entourage le plus proche. Pourquoi ferait-il confiance à une paysanne qui a des révélations et qui dit que Dieu lui parle ?

Je l'ai regardé avec impatience et détermination, et je lui ai dit :

— Il n'y a pas de temps à perdre.

Il a mis sa main sur mon épaule, et il m'a répondu :

— Patience, Jeanne, il faut calmer la flamme.

Je lui ai souri, et je me suis forcée à respirer calmement.

Le lendemain, un homme s'est approché, un soldat royal.

— Vous êtes la Pucelle ? il m'a dit.

— Oui, c'est moi.

— Le Dauphin souhaite vous voir.

J'ai suivi le soldat. Nous avons marché un long chemin et nous sommes entrés ensemble dans le château royal. Là, il y avait une femme qui m'attendait.

— Je vous présente la duchesse d'Anjou, Yolande d'Aragon, le soldat m'a dit.

Elle avait l'air d'une statue d'église. Elle était si belle, si noble, et ses yeux ne montraient aucune émotion.

— Le Dauphin vous attend, a-t-elle dit, et elle m'a emmenée dans une grande salle riche, avec beaucoup de gens bien habillés. Mon cœur battait fort mais j'ai pris courage et j'ai gardé la tête haute.

La duchesse m'a dirigée vers un homme sur un trône, immobile, mieux habillé que tous les autres, entouré de conseillers[15]. Quand je l'ai regardé dans les yeux, je me suis sentie troublée. Ses yeux étaient assoiffés de pouvoir[16]. Quelque chose m'a dit que ce n'était pas le Dauphin. J'ai hésité. Je me suis détournée de lui et j'ai regardé autour de moi.

— Suivez-moi, m'a dit la duchesse en avançant vers l'homme sur le trône.

---

15 conseillers – advisors
16 assoiffés de pouvoir – thirsty for power (power-hungry)

Mais je ne l'ai pas suivie.

Tout le monde me regardait dans un silence choqué. Peut-être qu'ils étaient choqués parce que je refusais de suivre la duchesse. Peut-être qu'ils ont été choqués par mes vêtements d'homme, mes cheveux coupés. Peut-être qu'ils ont été choqués simplement d'avoir une paysanne parmi eux.

J'ai essayé de rester calme pendant que je cherchais parmi toutes les personnes dans la salle. Je ne savais pas ce que je cherchais. La duchesse me regardait avec attention et mes voix me parlaient calmement et doucement. Finalement je l'ai vu.

Un homme se tenait caché parmi d'autres, habillé comme eux. Quand je l'ai vu, j'ai senti une lumière derrière mes yeux. J'ai marché rapidement vers lui et je suis tombée à genoux à ses pieds.

— Gentil Roi !

— Je ne suis pas le roi, a-t-il objecté sans hésitation. Il a fait un geste vers l'homme sur le trône. Le roi, c'est lui.

— Au nom de Dieu, j'ai insisté, gentil Dauphin, le roi c'est vous !

Il m'a donné sa main et je l'ai embrassé. Il a con-

Kosovar
Cocaj
2024

tinué :

— Lève-toi, ma Pucelle, lève-toi et dis-moi comment tu t'appelles.

Je me suis levée, et je lui ai dit :

— Je m'appelle Jeanne.

L'homme sur le trône s'est levé et a dit d'un ton hostile :

— Comment saviez-vous qu'il étais le Dauphin ?

J'ai regardé autour de moi avec confusion :

— Pourquoi avez-vous essayé de me tromper[17] ?

La duchesse s'est approchée de moi et m'a pris la main. Elle a dit doucement :

— Vous n'avez pas été trompée. C'était un test. Vous n'avez jamais vu le Dauphin, mais vous l'avez reconnu. Peut-être que ce que vous dites est vrai. Peut-être que vous êtres vraiment envoyée par Dieu. Mais pourquoi nous devrions vous faire confiance ?

L'homme habillé comme le Dauphin s'est approché de moi et m'a demandé :

— Vous n'êtes qu'une simple paysanne et vous

---

17 tromper – to trick

dites que vous pouvez lever le siège d'Orléans. Ce que vous dites est impossible. Dites-nous pourquoi nous devrions vous faire confiance.

Je me suis retournée vers le Dauphin et je lui ai parlé directement.

— Sire, accordez-moi votre confiance et je vous dirai tout ce que vous voulez savoir.

Les gens dans la salle commençaient à parler entre eux. Le Dauphin ne leur a prêté aucune attention et il m'a emmenée dans un endroit privé.

Je ne peux pas vous dire ce que j'ai dit au Dauphin ce jour-là. C'est un secret donné par mes révélations que je n'ai jamais raconté à personne, même sous la torture. Mais ce que je lui ai dit l'a persuadé.

Quand nous sommes rentrés dans la grande salle, le Dauphin était ravi, confiant, et prêt à faire avancer ma mission. Mais l'homme sur le trône me regardait avec une grande hostilité. Il n'aimait pas me voir à côté du Dauphin. J'ai pensé que le Dauphin était celui que je devais persuader, mais j'avais mal compris.

La duchesse a dépassé l'homme hostile et m'a dit d'une voix forte mais gentille :

Peut-être que nous devrions avoir confiance en toi. Peut-être que vous protégerez le Dauphin et sauverez la France. Mais pour l'instant, une chose est sûre : c'est à moi de protéger le Dauphin. Il y aura d'autres tests pour vous.

Chapitre 5

La décision

Poitiers, mars-avril 1429

Raconté par Yolande d'Aragon

L'accomplissement de la Pucelle quand elle a rencontré le Dauphin a été impressionnant, et c'était juste le premier de nombreux tests. Elle a réussi à chaque test. Après quelques semaines, nous l'avons envoyée à Poitiers pour être jugée par une commission.

C'était une fille de 17 ans, toute seule dans un grand tribunal imposant et froid. Elle a fait face à 22 hommes, les hommes les plus savants de notre pays, qui étaient venus ici pour interroger la célèbre Pucelle.

Si elle avait peur, elle ne l'a pas montrée.

— Sur quoi voudriez-vous m'interroger ? a-t-elle demandé d'une voix claire et confiante aux hommes devant elle.

Les hommes l'ont interrogée un par un. Ils lui ont

posé de nombreuses questions sur sa famille, sur son enfance, sur sa manière de vivre. Ils l'ont interrogée sur ses voix et sur ses visions, et ils l'ont interrogée sur sa mission et sur ses croyances.

Elle était forte et courageuse, comme les gens le disaient. Mais elle était aussi impatiente.

Un juge a dit :

— Vous avez dit que Dieu libérera le peuple de France. Pourquoi a-t-il besoin de soldats?

Et elle a répondu agitée :

— Au nom de Dieu ! Ce sont les soldats qui se battront, mais c'est Dieu qui leur donnera la victoire !

J'avais des amis parmi les juges, et après le premier jour, l'un des juges m'a commenté :

— Je suis grandement surpris de ses réponses si intelligentes. Je pense que notre travail ici est fini.

Mais je n'étais pas du tout surprise par son intelligence. C'était une paysanne qui avait la confiance du futur roi. C'est sûr qu'elle ait une intelligence sans égale. Mais il fallait continuer de la tester.

— Il faut qu'on l'observe à toute heure du jour et de la nuit, j'ai conseillé. Il faut déterminer si son armure peut être brisée[18].

Le juge a insisté :

— Bien qu'elle soit jeune fille, qui ne sait ni lire ni écrire, elle a égalé chaque personne de notre commission dans sa parole. Ses paroles doivent être inspirées par Dieu, il n'y a pas d'autre explication.

Je connaissais des explications pour qu'une femme soit égale aux hommes dans son intelligence, mais je savais par expérience que le monde n'est pas gentil avec les femmes. Je voulais tester sa détermination.

Nous l'avons fait suivre et observer par des femmes pendant qu'elle mangeait, dormait et priait. Elles m'ont dit qu'elle pleurait un peu pendant la nuit et qu'elle priait jour et nuit. Je n'étais pas sans cœur mais je savais qu'un mur se construit petit à petit et qu'une femme doit être plus forte et plus impénétrable qu'une forteresse. Nous construisions un royaume, alors il ne fallait pas aller trop vite.

Chaque jour pendant que l'examen continuait, les gens venaient de partout pour voir la fille. Ils poussaient des cris d'encouragement quand elle entrait chaque matin et sortait chaque soir. Elle parlait avec

18 brisée – broken

eux, elle priait avec eux, elle prenait leurs mains comme s'ils étaient de sa propre famille.

Pendant des semaines, j'ai vu comment elle est devenue plus forte grâce à leur adoration, comme s'ils étaient l'air qui nourrissait sa flamme. Elle a commencé à brûler les juges avec ses paroles.

Une fois, un juge lui a posé la question :

— Dans quelle langue parlent vos voix ?

J'ai dû cacher mon amusement quand elle a répondu :

— Une langue meilleure que la vôtre !

J'ai vu que le juge était blessé[19], mais il a continué :

— Croyez-vous en Dieu ?

Et la Pucelle a répondu :

— Mieux que vous !

— Eh bien ! le brave juge a objecté, je ne peux pas vous croire sans un signe. Pouvez-vous me donner un signe de Dieu ? Sans signe, je devrais conseiller au Dauphin de ne pas vous donner sa confiance.

— Au nom de Dieu ! a crié la Pucelle. Je ne suis

---

19 blessé – hurt

pas venue à Poitiers pour faire des signes ; mais emmenez-moi à Orléans, et je vous montrerai les signes qui m'ont été envoyée !

Je commençais de plus en plus à penser que c'était une bonne idée d'envoyer Jeanne à Orléans pour montrer ses signes, mais c'est le moment suivant où elle m'a finalement persuadée. Elle a respiré lentement, elle s'est calmée, et elle a continué dans un ton patient et réconfortant :

— N'ayez pas peur, je suis née pour venir au secours de la France. Dieu a une grande sympathie pour notre Dauphin et nous serons triomphants.

J'ai regardé Jeanne et j'ai pris ma décision.

Je ne sais pas si je croyais qu'elle avait été envoyée par Dieu. Je ne sais pas si je croyais qu'il était possible d'entendre les voix des anges. Mais je croyais sûrement que cette Pucelle était notre meilleur espoir de changer le futur de la France.

Chapitre 6

Les préparations

Chinon, avril 1429

Raconté par Jeanne

Georges de la Trémoille m'a suivie sur le chemin du retour vers Chinon. Il ne m'avait jamais dit un seul mot, mais juste avant notre arrivée au château, il s'est approché de moi sur son cheval et il m'a dit :

— Je ne sais pas quelle sorcellerie[20] vous pratiquez, mais si vous mettez le Dauphin en danger, je vous mettrai en prison avant que vous ne prononciez un autre mot.

— Je suis venue pour sauver le Dauphin ! j'ai objecté, surprise.

Le Roi et tout son entourage s'approchaient déjà pour me recevoir en grande célébration. La Trémoille m'observait avec une hostilité dure, mais il est parti. Le Roi était ravi de la nouvelle de mon triomphe. Sans perdre une seconde je lui ai dit :

---

20 sorcellerie – witchcraft

— J'aurais besoin d'une armée bien entraînée et bien équipée. Et Jean de Metz restera à mes côtés.

— Tu auras tout ce que tu souhaites, il m'a répondu.

— S'il vous plaît, faites venir mes frères ici de Domrémy. Je veux qu'ils se battent à mes côtés.

J'avais beaucoup pensé à mes frères pendant l'examen. Chaque fois que je répondais aux questions des juges avec colère[21], je pensais à Pierre, celui qui m'avait sauvée du feu. C'était lui qui se mettait toujours en colère si facilement, qui se battait toujours avec les garçons de l'autre village qui ne restait pas fidèle à la France. Même s'il ne m'avait pas protégée contre mon père quand j'ai commencé ma mission, je ressentais un grand amour pour lui.

~

Raconté par une femme de Chinon

Nous avons prié tous ensemble pour la Pucelle à l'église. Tout le monde parlait des miracles qu'elle avait accomplis. Le Dauphin lui a offert une épée[22],

---

21 colère – anger
22 épée – sword

mais ses voix l'ont informée d'une autre, cachée derrière la chapelle de Sainte-Catherine de Fierbois[23]. Le Dauphin a envoyé des hommes pour aller la chercher, et ils l'ont trouvée dans l'endroit qu'elle avait décrit[24].

— C'était un vrai miracle, j'ai dit à ma cousine qui priait à côté de moi dans l'église.

— Pourquoi ?

— Personne ne savait qu'elle y était cachée.

— Quoi ?

— L'épée !

— Et comment la Pucelle le savait ?

J'ai baissé ma tête et j'ai parlé doucement, je n'étais pas sûre de vouloir que les anges m'entendent :

— Ce sont les anges qui lui ont dit.

Nous avons regardé un moment les statues de l'église en silence. Puis ma cousine m'a demandé :

— As-tu entendu dire que c'est l'ancienne épée de Charlemagne ?

---

23 chapelle de Sainte-Catherine de Fierbois – chapel located seven hours east of where Jeanne met the Dauphin *(see cultural glossary)*
24 décrit – described

— Qui est Charlemagne ? j'ai demandé. Je n'étais pas très forte en histoire comme ma cousine.

— Charles le grand. C'était l'ancien roi de France.

— C'est formidable qu'elle ait trouvé son épée !

— C'est un miracle.

~

Raconté par Yolande d'Aragon

Jeanne a continué à s'habiller avec les vêtements d'homme, avec les cheveux coupés, mais elle a commandé les plus riches vêtements du royaume. Elle a choisi des chevaux imposants et de belles armes pour son entourage. Elle parlait comme une humble servante de Dieu, mais elle s'habillait comme un noble. J'ai souri en regardant les gens l'adorer. Elle savait certainement jouer son rôle.

La Trémoille et ses amis ont insisté que Jeanne ne reçoive pas de si belles choses, que son pouvoir devenait trop grand parmi le peuple. Mais j'ai conseillé au Dauphin que nous aurions besoin de tout le pouvoir possible pour accomplir notre mission. C'est moi que le Dauphin a choisi d'écouter. Peut-être que même la Trémoille ne savait pas que les caisses du Dauphin étaient vides[25], que c'était moi qui finançait la Pucelle et la bataille à venir à Orléans. J'étais honorée de garder le secret du Dauphin.

~

Raconté par Jeanne

J'ai commandé un magnifique drapeau avec l'image de Dieu qui tient le monde dans sa main, des anges à ses côtés. J'adorais mon épée, mais comme je ne voulais vraiment tuer personne, j'aimais 40 fois plus mon drapeau.

Au moment où je suis sortie avec le drapeau pour la première fois, le vent l'a fait agiter, et les gens sont tombés à genoux et m'ont embrassé les pieds. Je suis descendue de mon cheval et j'ai pris leurs mains. Je ne voulais pas être adorée, mais je savais que j'aurais besoin d'impressionner les gens et d'inspirer les soldats.

Quand mes frères sont arrivés, ils me semblaient changés, plus simples et plus humbles. Les gens nous

---

25 les caisses du Dauphin étaient vides – the crown prince's coffers were empty (he had no money left)

regardaient pendant que les deux hommes s'approchaient. C'était Pierre et Jehan. Jacquemin n'était pas venu. J'ai embrassé Jehan, mais quand j'ai essayé d'embrasser Pierre il est tombé à genoux à mes pieds.

— Jeanne, m'a-t-il dit, peux-tu jamais me pardonner ?

— Bien sûr, Pierre, lève-toi.

Je l'ai relevé et je l'ai embrassé, mais il a continué à demander pardon. Après de longues paroles, il m'a demandé : « Pourras-tu me faire confiance ? »

Je ressentais un grand amour pour mon frère. Mais je sentais aussi entre nous un mur aussi impénétrable que la forteresse du Roi. Je n'étais plus la petite fille qui pouvait pleurer sur l'épaule de son grand frère. Avec une voix tremblante, tout ce que je pouvais dire était :

— Tu m'as déjà sauvé la vie une fois. Tu battras à mes côtés, et nous sauverons la France ensemble.

Chapitre 7

Une ville assiégée

Orléans, mai 1429

Raconté par Jeanne

J'ai commencé ma première bataille avec une sollicitation de paix. Comme je ne savais ni lire ni écrire, j'ai fait écrire une lettre à envoyer aux Anglais :

Roi d'Angleterre et vos armées,

Faites ce que Dieu vous demande et rendez[26] *à la Pucelle toutes les bonnes villes que vous avez attaquées et prises en France. Elle est prête à faire la paix. Quittez la ville d'Orléans, et si vous ne le faites pas, attention à la Pucelle qui vous chassera de France ou vous tuera.*

Je suis envoyée par Dieu pour cette mission et vous n'avez aucune chance.

La Pucelle

26 rendez – give back

Les Anglais ont répondu à la sollicitation de paix par des insultes, et nous sommes partis pour Orléans. Une rage énorme montait en moi et je sentais que je pouvais pousser un seul cri qui chasserait toute l'armée anglaise de la France.

J'ai monté mon grand cheval vêtue de mon armure qui brillait[27] comme les fleuves de France, mon drapeau dans la main, entourée de mes soldats fidèles : Jean de Metz, mes deux frères, des hommes d'Église et une armée entraînée de 500 hommes.

Les gens dans la rue nous célébraient avec joie et poussaient des cris d'encouragement.

Mon frère Pierre m'a regardée avec surprise et a dit :

— C'est comme s'ils avaient vu un ange descendre parmi eux !

Nous avons vite découvert que les capitaines de guerre qui se battaient déjà en Orléans depuis six mois n'avaient pas le même sentiment. Je voulais commencer une attaque directe, mais les capitaines avaient d'autres idées. En arrivant à Orléans, j'ai découvert que je ne pouvais pas attaquer parce qu'il y avait un fleuve entre nous et la ville.

---

27 brillait – shone

J'ai vite trouvé le capitaine le plus important, Dunois le bâtard d'Orléans[28], et ma colère est sortie de moi comme une flamme. J'ai crié :

— Pourquoi avez-vous donné l'ordre aux soldats de me faire venir à cet endroit, si je ne peux pas attaquer les Anglais directement ?

— C'est plus sûr et plus sage d'attendre. Nous ne sommes pas prêts à attaquer ; nous ne pouvons pas risquer une attaque maintenant.

— Je suis venue vers vous avec le meilleur secours possible ! Le conseil de Dieu est plus sûr et sage que le vôtre.

Plus tard, quand je suis entrée dans la ville, tout le peuple est venu vers moi. Ils étaient tout autour de moi : hommes, femmes et petits enfants. Tout le monde voulait me toucher : moi, mon cheval, mon drapeau. Ils ont montré une très grande joie, mais je voyais dans leurs yeux les terreurs de la guerre, la faim et la misère. Les rues de la ville sentaient[29] la mort.

---

28 Dunois, le bâtard d'Orléans – French military leader respectfully nicknamed Bastard of Orleans to acknowledge that he had blood ties to the monarchy *(see cultural glossary)*

29 sentaient – smelled of

Le bâtard d'Orléans s'est approché de moi et a dit doucement :

— Cette ville est assiégée depuis six mois. Les gens ont besoin de nourriture et d'équipements avant la bataille.

Je pouvais voir qu'il avait raison. Les jours suivants, j'ai essayé de patienter. Nous avons donné de la nourriture aux gens et j'ai prié avec eux.

J'ai envoyé une deuxième sollicitation de paix aux Anglais, et ils ont encore répondu en m'insultant. J'étais prête à me battre. J'ai beaucoup discuté avec les capitaines de guerre. Nous avons eu de longues discussions.

— Le temps est venu ! j'ai crié. Il faut commencer aujourd'hui !

Un capitaine a objecté :

— Ma fille, les ennemis sont forts et bien fortifiés, et il sera impossible de les vaincre[30].

Je l'ai regardé avec surprise. Je ne pouvais pas m'imaginer qu'un capitaine de guerre puisse croire que nous ne pourrions pas triompher.

---

30 vaincre – to defeat

— Il n'y a rien d'impossible avec Dieu, j'ai répondu froidement.

Je me suis tournée vers le capitaine Dunois, bâtard d'Orléans, qui a hésité un moment, puis a dit avec un hochement[31] de tête :

— Nous nous approcherons directement, comme vous le vouliez, Jeanne. C'est parti.

Mon cœur s'est éclairé[32]. Nous allions commencer la mission. Et j'avais gagné le respect du capitaine le plus important.

31 hochement de tête – nod
32 s'est éclairé – lit up

Chapitre 8

La première bataille

Orléans, 4 mai 1429

Raconté par Jeanne

J'ai envoyé une troisième lettre avec une sollicitation de paix, mais les Anglais ont répondu encore une fois par des insultes. Peu après, la bataille a commencé.

Je pouvais lire la terreur dans les yeux des soldats qui avaient été assiégés pendant les six derniers mois, mais avec moi ils ont retrouvé leur courage. J'ai levé mon drapeau en l'air et je me suis approchée sans peur.

Les Anglais nous regardaient approcher du haut de la fortification de Saint-Loup[33]. Leurs flèches tombaient sur nous comme de la pluie. J'entendais les cris des hommes tombés.

33 Fortification de Saint-Loup – the most isolated and therefore easiest to attack of all the English strong holds in Orléans

J'ai continué à avancer. J'ai crié :

— Allez-y ! Continuez ! Dieu est avec nous. Ne vous arrêtez pas. La France est à nous !

Pendant trois heures j'ai organisé des attaques de mon cheval, drapeau agitant dans le vent, poussant des ordres aussi fort que possible dans le chaos. Et pendant trois heures, les hommes tombaient autour de moi, blessés ou tués.

Nous gagnions du terrain pied à pied[34], minute par minute. J'ai vu des hommes tomber de la fortification sur la terre dure. J'ai entendu leur armure se briser. Le feu en moi faisait rage et j'ai levé mon drapeau avec l'image de Dieu aussi haut que possible. Malgré les souffrances, j'étais certaine de la victoire. Et après trois longues heures, la victoire est finalement arrivée.

Nous avons gagné la fortification de Saint-Loup. Après avoir pris la nourriture et les armes, nous avons brûlé la fortification. En regardant le feu brûler, j'ai senti mon corps se calmer.

Je suis descendue de mon cheval et je me suis mise à genoux. Les corps des morts étaient partout, leurs

---

34 pied à pied – inch by inch

yeux sans vie, leurs âmes[35] avaient quitté leurs corps. C'étaient des Français qui étaient morts sous mes ordres, des Anglais qui se battaient pour leur pays. J'ai pleuré pour tous les morts, les Français et aussi les Anglais, et j'ai prié pour toutes les âmes.

35 âmes – souls

Chapitre 9

Les histoires

Orléans, 6-7 mai 1429

Raconté par une femme d'Orléans

Pendant six mois, j'avais survécu dans la taverne de mes parents avec presque rien. Presque rien à manger, presque rien à boire, nous avions survécu grâce à l'aide des autres et grâce aux histoires que nous nous sommes racontées.

La nuit où la Pucelle a gagné sa deuxième bataille, j'ai écouté avec attention les histoires que les gens racontaient. Tout le monde disait avoir vu la bataille, et peut-être que certains l'avaient vraiment vue.

Un homme racontait son histoire plus fort que les autres :

– Il y avait un moment où tout était presque perdu !

L'homme qui parlait est monté sur une table pour être mieux vu. Tout le monde le regardait et commençait peu à peu à l'écouter. Il a continué son histoire :

– Pendant un moment de chaos, notre armée française a commencé à battre en retraite[36]. Je l'ai vu de mes propres yeux.

– Et la Pucelle ? a demandé quelqu'un.

– Nos hommes ont pris la Pucelle par les bras et l'ont forcée à fuir avec eux.

– Elle a fui ?

Les gens ne croyaient pas ce qu'ils entendaient, et ont commencé à se parler, mais l'homme a poussé un grand cri :

– Jamais !

Un silence est tombé sur la taverne. J'ai arrêté de travailler et je suis restée immobile.

L'homme a continué :

– Notre brave Pucelle a demandé de rester et de se battre, elle pleurait de rage. Mais nos nobles hommes voulaient la protéger et ne la laissaient pas se retourner.

– Que s'est-il passé ensuite ?

La voix de l'homme est devenue plus dramatique

36 battre en retraite – retreat

alors qu'il continuait :

– Observant la terreur de notre armée, les Anglais sont sortis de leur fortification et ont commencé à chasser l'armée française. Ils ont crié, « La Pucelle s'enfuit ! Sa sorcellerie est désarmée[37] ! »

Les gens dans la taverne ont montré fortement leur hostilité contre l'armée anglaise, mais l'homme continuait plus fort :

– La Pucelle s'est libérée de nos hommes et elle s'est retournée pour faire face aux Anglais. Elle s'est tenue toute seule devant toute l'armée anglaise, et elle a levé son drapeau haut en l'air.

Jouant le rôle de la Pucelle, l'homme a levé son bras. Puis, il a baissé sa voix.

– Petit à petit, le chaos autour d'elle s'est calmé. On pouvait entendre son drapeau agiter dans le vent.

Le silence est revenu dans la taverne alors que nous essayions d'entendre le drapeau de la Pucelle agiter dans le vent. Je ne pouvais entendre que le son de mon propre cœur qui battait.

---

37 sa sorcellerie est désarmée – her witchcraft is disarmed, powerless

– Les Anglais ont arrêté d'avancer et ils ont regardé la Pucelle avec de la terreur dans leurs cœurs. Tout était immobile pendant un moment. Puis, elle a commencé à marcher lentement vers eux, sans rien dire.

L'homme est descendu de la table et a commencé à marcher vers les autres.

– Un instant plus tard, toute l'armée française a commencé à avancer derrière elle en poussant de grands cris.

Les gens de la taverne ont aussi poussé de grands cris, les cris de joie. Ils ont tous commandé quelque chose à boire, et j'ai rapidement repris le travail. J'ai écouté les gens parler des moments de la bataille où l'armée française a rapidement dépassé la Pucelle et a attaqué les Anglais. Les Anglais se sont retournés et ont fui. Après une longue journée, notre armée a pris la fortification et tous les Anglais ont été tués ou se sont cachés derrière le boulevard des Tourelles[38].

J'ai pensé à la Pucelle pendant que je travaillais. Je n'avais jamais été très pieuse. J'avais vu la Pucelle dans les rues; je l'avais vue prier avec les gens. Elle était belle et gentille, et tellement humaine. Elle nous

---

38 Tourelles – *(see cultural glossary)*

avait donné de la nourriture et des équipements. Les gens croyaient à son histoire, mais je n'en étais pas sûre.

J'ai donné quelque chose à boire à l'homme qui avait raconté l'histoire et j'ai essayé d'imaginer ce que ce serait d'être toute seule face à une armée hostile. J'ai essayé d'imaginer ce que ce serait d'inspirer toute l'armée française à se tourner vers cette armée et à attaquer, à tuer des soldats anglais pour protéger notre ville et à gagner.

Je n'avais jamais été très pieuse, mais j'ai dit une petite prière pour la Pucelle à ce moment-là. Pour la première fois, j'ai senti l'espoir dans mon cœur.

~

Raconté par Jeanne

Le troisième jour de bataille, j'ai été blessée. J'attaquais la fortification du boulevard des Tourelles tard dans la soirée, contre les ordres du capitaine, quand j'ai senti une grande douleur dans mon épaule. Je suis tombée et mes frères sont venus à mon aide.

— Jeanne ! Tu es blessée ! m'a crié Pierre en

m'écartant[39] de la bataille.

J'avais une flèche dans mon épaule. Il y avait du sang partout.

— Pierre, j'ai répondu, ça va, je veux continuer.

Pierre et Jehan m'ont emmenée loin de la bataille vers un endroit calme et sûr. Le bâtard d'Orléans m'a suivi et a essayé de me calmer. Je voulais continuer à me battre. J'ai essayé de marcher et je suis tombée par terre. J'ai commencé à pleurer. J'ai pris la flèche de mon épaule et j'ai commencé à perdre plus de sang. A ce moment-là, Jean de Metz est arrivé et m'a prise dans ses bras.

— Jeanne, a-t-il dit, arrête-toi un instant. Il faut soigner la blessure[40]. Tu perds beaucoup de sang et tu dois te faire soigner avant de retourner à la bataille.

Les hommes ont soigné ma blessure et j'ai commencé à respirer plus calmement. Je pouvais entendre la bataille mais je ne pouvais rien voir.

— Comment ça se passe ? j'ai demandé.

Le capitaine Dunois m'a répondu :

---

39 m'écartant – pulling me away from
40 soigner la blessure – to take care of the wound

— Nous avons perdu du terrain. Ce serait plus sage de se retirer[41] et revenir demain. Il est important que tu retrouves des forces. Nous ne gagnerons rien aujourd'hui.

J'ai regardé le bâtard d'Orléans dans les yeux, j'ai essayé d'oublier ma douleur, et je lui ai dit :

— Écoutez-moi. Si jamais vous avez cru en moi, accordez-moi cette demande. Si Dieu veut que je me relève, je vais continuer à me battre. Aujourd'hui, nous allons gagner cette bataille. Nous allons gagner ce soir et ce sera fini. La ville d'Orléans sera à nous.

Il m'a regardée pendant un moment avant de dire :

— Si Dieu le veut, ton souhait sera accompli.

Mes frères m'ont aidée à me relever. J'ai découvert que je pouvais marcher et pendant que je m'approchais de la fortification de nouveau, je sentais de moins en moins la douleur à mon épaule.

Je suis entrée dans la bataille à cheval avec mon drapeau. Les Anglais, pensant m'avoir tuée, ont été choqués de me voir. Leur surprise semblait leur faire perdre des forces, et en quelques heures nous avons pris la fortification.

---

41 se retirer – to pull back

Les cloches d'Orléans ont sonné et les gens ont célébré la victoire.

Chapitre 10

La légende

Chinon, mai 1429

Raconté par Yolande d'Aragon

La ville d'Orléans était assiégée depuis six mois et la Pucelle a chassé les Anglais après trois jours de bataille. J'étais ravie. Après avoir gagné la ville, Jeanne est rapidement revenue à Chinon pour voir le Dauphin.

— La première partie de ma mission a été accomplie, lui a dit Jeanne avec un air déterminé. Comme mes voix l'avaient dit, nous avons chassé les Anglais d'Orléans. Maintenant, nous devons voyager à Reims pour vous couronner Roi.

Avant que le Dauphin ait pu répondre, la Trémoille a interrompu :

— Pour voyager à Reims, il faut traverser 400 kilomètres de terrain ennemi. C'est un voyage dangereux.

— J'ai toute confiance, a répondu Jeanne.

— Je ne laisserai pas ta confiance risquer la vie du Dauphin, a dit La Trémoille.

— Tous les rois de l'histoire de France ont été couronnés dans la cathédrale de Reims, a-t-elle objecté. Mes voix m'ont demandé d'emmener le Dauphin à Reims pour qu'il soit couronné. Nous ne pouvons pas risquer la victoire de la France parce que vous avez peur.

— Jeanne, je l'ai interrompue, tu t'oublies. Tu es servante du Dauphin. C'est à lui de prendre ses décisions.

Jusqu'à ce moment, j'avais écouté la discussion, mais j'avais hésité à y entrer. J'étais du côté de Jeanne, mais j'avais vu que son caractère n'était pas tellement changé par la commission et l'examen. Sa victoire dans la bataille lui avait donné trop de courage face au Dauphin. Personne ne pouvait lui parler comme elle l'avait fait, encore moins nous les femmes.

— Merci pour votre courage et votre service, Jeanne, j'ai continué. Maintenant, laissez-nous.

Elle s'est tournée vers le Dauphin, a baissé la tête, et a dit doucement :

— Gentil Dauphin. Vous êtes sous la protection

de Dieu. C'est le moment de prendre votre place comme roi de France.

Elle m'a regardée un instant et ensuite, elle est partie.

~

Le Dauphin a beaucoup parlé avec ses conseillers dans les jours suivants, et j'ai travaillé en secret pour aider la mission de Jeanne. J'ai demandé à Dunois le bâtard d'Orléans de nous aider, et il a conseillé au Dauphin d'agir[42] rapidement.

Après six longues semaines, nous sommes partis pour Reims avec un entourage énorme. La Trémoille a pris place d'un côté du Dauphin et Jeanne de l'autre. Aucun des trois n'a prononcé un seul mot pendant des heures.

Notre armée a facilement gagné ville après ville contre les Anglais, jour après jour. Une par une, elles sont tombées, quelques-unes sans aucune bataille. Notre peuple a retrouvé sa confiance et les gens ont célébré les victoires avec joie. Les histoires des actions de la Pucelle qu'on racontait dans toute la

---

42 agir – to act

France devenaient de plus en plus dramatiques.

Finalement nous nous sommes approchés de la ville de Reims. Les Bourguignons de Reims avaient résisté pendant six semaines, mais après juste quelques heures de discussion, ils nous ont ouvert leurs portes. Notre force était trop impressionante. Nous sommes entrés dans la ville à cheval. Les cloches sonnaient, les gens de la ville montraient leur joie et la Pucelle a levé fièrement son drapeau.

Dunois le bâtard d'Orléans s'est approché d'elle.

— C'est un miracle, lui a-t-il dit. Ces gens n'ont jamais pensé que leur Roi serait couronné. Ils n'ont jamais vu une telle richesse. Mais tous les yeux sont quand même tournés vers toi.

— C'est grâce à Dieu, a dit Jeanne humblement, que nous avons pu reprendre la France.

— C'est grâce à toi, il lui a dit. La Pucelle d'Orléans, tu as fait l'impossible ; tu es adorée de toute la France.

— C'est vraiment grâce à Dieu que nous avons pu reprendre ces dernières villes facilement, a-t-elle répondu.

— Sans une seule goutte de sang français entre

Tours et Reims[43]. C'est un miracle, ça.

~

Raconté par Jeanne

Le lendemain, le Roi a été couronné. Le couronnement était simple et élégant. Je me tenais fièrement à côté du Roi, mon drapeau avec l'image de Dieu à la main.

Les cloches sonnaient une simple harmonie. Les bougies[44] jetaient une lumière douce sur le couronnement, et je pouvais sentir nos accomplissements briller en moi.

Ma mission avait été accomplie, mais quelque chose me troublait.

Le Roi m'avait honorée de toutes les manières possibles. Il a donné à ma famille une lettre de noblesse, il a exempté d'impôt[45] le village où j'étais née, il m'a donné de nombreux cadeaux, il m'a laissée prendre place fièrement juste derrière lui quand on a placé la

---

43 sans une seule goutte de sang Français – without a single drop of French blood *(see cultural glossary: Bloodless March)*

44 bougies – candles

45 exempté d'impôt – exempt from taxes

couronne sur sa tête.

Mais malgré tout, il y avait quelque chose dans ses yeux. Je ne savais pas ce que c'était, mais j'avais un mauvais pressentiment.

Jean de Metz s'est tourné vers moi et a demandé :

— Jeanne, qu'est-ce que tu as ? Tu sembles troublée.

J'ai répondu :

— Ce n'est rien.

J'espérais que ce n'était rien. Mais je savais par expérience que mes pressentiments n'étaient généralement pas faux...

Bâtard d'Orléans

See: *Dunois, Bâtard d'Orléans*

Bloodless March

From June 29 to July 16, Jeanne marched with the Dauphin, her entourage, and over 100,000 soldiers through Burgundian territory. This march revealed the increasing power of the French army as it won cities easily against crumbling English and Burgundian resolve. As the march continued, many cities were taken with negotiation or bribery alone, culminating in the royal court's entry into Reims on July 16. Though the Burgundians of Reims had vowed to resist for 6 weeks, they ultimately capitulated the very day that Charles VII called on them to open their gates. This march was seen as another of Jeanne's miracles, leading Charles to be crowned in the traditional city of coronation and legitimizing his claim to the throne.

Boulevard des Tourelles

See: *Tour des Tourelles*

Les Bourguignons

The Burgundians were a party that supported the Duke of Burgundy in the civil war that broke out as part of the Hundred Years' War between France and England (see

Guerre de Cent Ans). The Burgundians were French people who allied with the English and fought against France. They opposed the Armagnacs, led by the Duke of Orléans, who supported the Dauphin Charles VII. The Bourguignons were seen as traitors by Jeanne and those who supported her. *(See also: Duc de Bourgogne)*

Chapelle de Sainte-Catherine de Fierbois

This small church was where one of Jeanne's many miracles took place. When the Dauphin offered to give Jeanne a sword, she refused, asking instead for a sword her voices had told her about, buried behind an altar in this church. Though Jeanne had never been there and though the priests of the church themselves had not known about the existence of this sword, the Dauphin's men found it exactly where Jeanne had told them it would be. And though they found it covered in rust, as it had been for centuries, once they cleaned it it appeared exactly as Jeanne had described. It was common for soldiers to leave their swords as offerings, but no one knows for sure who the sword had originally belonged to. In addition, no one knows what became of the sword after Jeanne used it!

Charles VII

Charles VII was born in 1403, sixty-six years after the start of the Hundred Years' War. His father, Charles VI of France, had gone mad, furthering political instability, which led to a civil war between the rivaling factions, les Armagnacs (Jeanne's side) and les Bourguignons, led by the Duke of Burgundy.

Almost immediately after Charles VII became the Dauphin (heir to the throne) at the age of 14, he was forced to flee Paris because John the Fearless, Duke of Burgundy, entered the city and took control. John the Fearless was later murdered by Charles VII's men. It is unknown whether Charles had any knowledge of this assassination plan.

Charles' father disinherited him in 1420, partly because of the murder, partly due to unreasonable suspicions that the Dauphin was born illegitimately, and partly because of political pressure. He chose Henry VI of England as his successor, though many loyal to the French throne disregarded this act due to the mental illness of Charles' father. Charles VII claimed to be the rightful heir but lived in exile without making any great attempt to regain control of formerly French territory until Jeanne came to his aid in 1429.

Although his early years were marked by indecision and limited power, Charles VII eventually came to be seen as a competent ruler. His policies led to greater economic prosperity for his subjects, and he presided over the end of the Hundred Years' War (See Guerre de Cent Ans), which five generations before him had failed to end. His military successes earned him the nickname "Charles the Victorious."

Chinon

Chinon is a walled city located just south of the Loire River in a province that remained loyal to Charles VII as the rightful heir to the throne. Charles sought refuge in this royal city after his father King Charles VI disinherited him and the English gained control of northern France.

Dauphin

Crown prince, heir to the throne. (See Charles VII.)

Duc de Bourgogne

The Duke of Burgundy, Philip the Good, was a leader of the Burgundian faction during the French Civil war. His father, John the Fearless, had vied to take control of France from the mentally ill king, father of the Dauphin Charles VII, but was later assassinated by the Dauphin's men. Philip the Good allied the Burgundians with the English in 1420 and brought his faction to the height of its power, capturing Jeanne and selling her to the English in 1430. He later broke this alliance in 1435 when he signed the Treaty of Arras, which recognized Charles VII as king of France just four years after Jeanne's death.

Dunois, Bâtard d'Orléans

Jean D'Orléans, Count of Dunois was the illegitimate son of Louis I and grandson of powerful King Charles V (also grandfather of Charles VII). His nickname, the Bastard of Orleans, was used respectfully to denote his connection to the royal family. Dunois joined the Armagnacs in 1418, led a long and successful military career, supported Jeanne, continued to fight after her death, and ultimately saw the end of the Hundred Years' War.

Georges de la Trémoille

One of Charles' closest advisers (after playing key roles in having one of his predecessors expelled and another executed), Georges de la Trémoille opposed many of Jeanne's campaigns and appeals to Charles. His continued opposition may have later contributed to her downfall.

Guerre de Cent Ans

The Hundred Years' War, which took place from 1337-1453, was essentially a struggle between two rival dynasties to control the French territory. Relations between the French and English had been tense for centuries, but when Charles IV of France died without a clear heir in 1328, the struggle for succession led to armed conflict that would last five generations of kings. Since the fighting ebbed and flowed, it can really be seen more as a series of conflicts rather than a sustained war.

Isabeau de Bavière

The daughter of a German duke, Isabeau of Bavaria was sent at the age of 15 to marry King Charles VI of France. Soon after their marriage, the king began to suffer from

periodic bouts of insanity. The illness caused a power vacuum which eventually led to a civil war between the Armagnacs (Jeanne's side) and the Burgundians (Bourguignons).

Isabeau was caught between the rivaling factions and was also entrusted to stand in for the king on many occasions. She had more power than most medieval queens but was also unfairly blamed and scapegoated by just about everyone. She was accused of adultery by the Burgundians, she was imprisoned by the Armagnacs, and propaganda of the time viciously attacked her character. She tried to keep the peace as best as she could and switched allegiances in an effort to create viable paths to the throne for her heirs.

Two of her sons, each Dauphin in turn, died of illness at the age of 18, leaving Charles VII to become Dauphin at the age of 14. After Charles VII was involved in the murder of the duke of Burgundy, his father the king disinherited him, seizing upon the rumors of Isabeau's infidelities (most likely false) to claim that Charles VII not his legitimate son.

Having no further heir, Charles VI named Henry V of England as his successor in the Treaty of Troyes. Queen Isabeau accompanied her husband to the signing of this treaty and, when the king became too ill to appear at the signing, signed the treaty in his place. This one act (over which she really had no control) laid the blame of signing away France on her shoulders, destroying her already vulnerable reputation for centuries to come.

Jean de Metz

A French nobleman serving Captain Robert de Baudricourt, Jean de Metz was one the first of a series of notable people to believe in Jeanne's mission. It is likely that his advocacy, and that of fellow knight Bertrand de Poulengy (left out of the book for the sake of simplicity), helped to move Baudricourt to grant Jeanne an escort to see the Dauphin. De Metz fought by her side for most of Jeanne's military career.

Orléans

The wealthy city of Orléans had always been a strategic point on the Loire River, which essentially divides France between the north and the south. The English and their Burgundian allies laid siege to Orléans in October of 1428 and the siege continued for six months, during which time the English appeared to be winning. Many experts agree that if Orléans had fallen to the English, they would have realized King Henry V's dream of conquering all of France, and this siege was a high point for the English army and their allies. However, just nine days after Jeanne's arrival, in just three days of battle, the French regained control of Orléans. It was a stunning defeat for the English and a major turning point in the war.

Pucelle

The term "la pucelle" means maiden and virgin. Jeanne's

virginity was especially important to her and this nickname evoked a rich image of purity, virtuousness and youth for people of her time period. La pucelle can be seen as an inno-cent and faultless girl just on the verge of womanhood. Jeanne called herself la Pucelle to reinforce the idea that she was an envoy of God fighting on the side of goodness and justice.

Sainte Catherine

Saint Catherine of Alexandria was an early convert to Christianity born in the 3rd century. She is said to have won religious debates with the 50 most preeminent pagan scholars of her time and was tortured and martyred for her outspoken support of Christianity. In Jeanne's time over a thousand years later, Catherine was one of the most beloved saints, and Jeanne's sister was named after her.

Sainte Marguerite

Saint Margaret of Antioch, also known as Margaret the Virgin, was said to have been abandoned by her pagan father when she chose Christianity and vowed to maintain her virginity. She was raised by a shepherdess and when a passing governor asked for her hand in marriage, she refused. She was brutally tortured and martyred. Jeanne grew up praying to a statue of Sainte Margaret in the church next to her house.

Saint Michel

The Archangel Saint Michael is known as the leader of the

army of God. In Jeanne's time and place, he was seen as the protector of France and he figured prominently in stories of good battling over evil.

La Tour des Tourelles

This was a tower guarding the southern bridge over the Loire River into the city of Orléans. The English took it by storm on October 24, 1428. As the area north of the Loire was largely held by England and the area south of the Loire belonged to France, holding onto this bridge was key to the English strategy, making the recovery of the northern half of France all but impossible for supporters of Charles VII.

Traité de Troyes

The treaty of Troyes was the treaty in which the mad king Charles VI intended to sign away his kingdom to the English. As he became too ill to appear at the signing, his wife Isabeau of Bavaria signed for him, thus placing the blame of the fall of France on her shoulders. *(See: Isabeau de Bavière)*

Yolande, duchesse d'Anjou

Better known as Yolande of Aragon, was born in current day Spain and was married to Louis II, King of Naples, Duke of Anjou, and Count of Provence, who died 17 years after their marriage in 1417. She had complicated political claims to several different kingdoms which her family controlled intermittently, but she chose to concentrate her efforts mostly in the 2 French regions where her claims were uncontested: Anjou and Provence.

Unlike the French queen who tried to hedge her bets between both of the warring factions of the civil war that Jeanne was part of, Yolande chose her side early and decisively. In the opening act of the civil war when John the Fearless, Duke of Burgundy threatened the life of the young Dauphin Charles VII, Yolande broke an engagement between her son and John's daughter. Yolande brought Charles to her court, protected him against numerous plots against his life, refused to return him to his own mother, and quickly married him to her own daughter, Marie.

Just as she had acted decisively in joining the Armagnac party and siding with France against the English and the French Burgundians, Yolande was also an early supporter of Jeanne d'Arc, financing many of the military campaigns that turned the tides of the war in Charles' favor.

Yolande is thought by many historians to be an under-appreciated political genius, wielding her limited power skillfully, maneuvering wisely at every turn, acting decisively and taking calculated risks when necessary, often working hard behind the scenes to ensure continued power for her family and many heirs.

French-English glossary

The use of parentheses in this glossary

We use parentheses ( ) to indicate elements of form or meaning that may not be present with every use of a word in the text. You'll see this mostly with plural (s) which occurs on nouns in both French and English : *chaise(s) - chair(s)* indicating that you may find the word *chaise*, meaning *chair*, or the word *chaises*, meaning *chairs*.

In other cases, the French word may be translated differently in English, depending on the context : *écoutez - listen (to)*

In this case, sometimes when you see the word *écoutez*, it will mean *listen*, and sometimes it will mean *listen to*.

A

a – has

  a-t-elle dit – she said

  a-t-il répondu – he answered

à – at; to

accompli – accomplished

accomplie – accomplished

accomplir – to accomplish

accomplis – accomplished

accomplissement(s) – accomplishment(s)

accordez – remember

action(s) – action(s)

adorais – adored

adoration – adoration

adorée – adored

adorer – to adore

âge – age

agir – to act

agitant – waving

agitée – agitated

agiter – to wave

ai – have

aide – help; is helping

aidée – helped

aider – to help

aidera – will help

aimais – loved

aimait – loved

air – air

  avait l'air d' - looked like

ait – has

aller – to go

allez-y ! – go!

allions – were going
allons – are going
alors – then; as
âmes – souls
amis – friends
amour – love
amusement – amusement
ancien – former
ancienne – ancient
ange(s) – angel(s)
anglais(e) – English
Anglais – English (people)
Angleterre – England
ans – years
j'avais 13 ans – I was 13 years old
appartenait – belonged
appelle : je m'appelle – my name is
appelles : tu t'appelles – your name is
approchaient : s'approchaient – were approaching
approchais – was approaching
approchait – was approaching
approché – approached
approchée – approached
approcher – to approach
approcherons – will approach
approchés – approached
après – after
armée – army
armées – armies
armes – weapons
armure – armor
arrête-toi – stop
arrêté – stopped
arrêtez – stop
arrivant – arriving
arrivé(s) – arrived
arrivée – arrived; arrival
as – have
assiégée – besieged
assiégés – besieged
assoiffés – thirsty
attaquais – was attacking
attaque – attack
attaqué – attacked
attaquées – attacked
attaquent – are attacking
attaquer – to attack
attaques – attacks
attend – is waiting for
attendait – was waiting for
attendant : en attendant – while waiting for

attendre – to wait for
attention – attention
au – at the; in the; to the
aucun – none, not one
aucune – any
aujourd'hui – today
aura – will have
  il y aura – there will be
aurais – would have
auras – will have
aurions – would have
aussi – also; too
autour – around
autre – other (one)
  pas d'autre – no other
  un autre – another
  une autre – another one
autres – other; others
  parmi d'autres – among others
aux – at the
avaient – had
avais – had
avait – had
  il y avait – there was
avancer – to advance
avant – before
avant tout – first of all
avec – with
avez – have
avions – had
avoir – to have
avons – have
avril – April
ayez – have

B

baissé – lowered
baisses – low
bataille – battle
battaient : se battaient – were fighting
battait – was beating
  se battait – would fight
battent – are fighting
battras – will battle
battre – to beat
  battre en retraite – retreat
  me battre – fight
  se battre – to fight
battront – will battle
beaucoup – a lot
beaucoup de – a lot of; many; much
belle(s) – beautiful
besoin – need
bien – good; well
  bien – despite
blessé(s) – hurt

blessée – hurt
blessure – wound
boire – to drink
bon – good
bonne(s) – good
bougies – candles
boulevard – boulevard
Bourguignons – Burgundians
bourguignonnes – Burgundian
bras – arm
brave – brave
brillait – shone
briller – to shine
briser – to break
brûlé – burned
brûler – to burn
brûlerais – would burn
bûcher – stake

C

c' – it
ça – it; that
  ça va – it's ok
caché – hidden
cachée – hidden
cachés : nous sommes cachés – hid
  se sont cachés – hid
cacher – to hide
cadeaux – presents, gifts
caisses – chests
calme – calm
calmé – calmed down
calmée – calmed (down)
calmement – calmly
calmer – to calm (down)
capitaine(s) – captain(s)
caractère – character
cathédrale – cathedral
ce – it; that; this
célébraient – were celebrating
célébration – celebration
célébré – celebrated
célèbre – famous
celui que – who
celui qui – the one who
certain – certain, sure
certaine – certain, sure
certains – some of them
certainement – certainly
ces – these
cet – that; this
cette – that; this
chance – chance
changé – changed
changer – to change
changés – changed

chaos – chaos
chapelle – chapel
chapitre – chapter
chaque – each
chassé – chased
chasser – to chase
chassera – will chase
chasserait – would chase
château – castle
chemin – road
cherchais – was looking for
cherché – looked for
chercher – to look for
cheval – horse
chevaux – horses
cheveux – hair
choisi – chosen
  a choisi – chose
  ai choisi – chose
  je n'ai pas choisi – I didn't choose
choisie – chosen
  a choisie – chose
choisir – to choose
choix – choice
choqué(s) – shocked
chose(s) – thing(s)
claire(s) – clear
cloches – clocks
cœur(s) – heart(s)
colère – anger
commandé – ordered
comme – as; how; like; since
commençaient – started, were starting
commençais – started, was starting
commençait – started, was starting
commence – starts
commencé – started
commencer – to start
comment – how
commission – committee
confiance – trust; confidence
  faire confiance (à) – to trust
confiant(e) – confident
connaissais – knew
conseil – advice
conseillé – advised
conseiller(s) – advisor(s)
construisions – were building
construit(s) – built
continuait – continued
continué – continued

continuer – to continue
continuez – continue
contre – against
corps – body
côté – side
  à côté de – beside
  du côté de – on ...'s side
côtés : à mes/ses côtés – at my/his side
coupé – cut
coupés – cut short
courage – courage
courageuse – courageous
couronne – crown
couronné – crowned
couronnement – coronation
couronner – to crown
couronnés – crowned
cousine – cousin
cri – cry
crié – cried
cris – cries
croient – believe
croire – to believe
crois – believe
croyaient – believed
croyais – believed
croyait – believed
croyances – beliefs
croyez – believe
cru – believed

D

d' – of
danger(s) – danger(s)
dangereuses – dangeous
dangereux – dangerous
dans – in; at
dauphin – crown prince
de – from; of; some
décevoir – disappoint
décision(s) – decision(s)
découvert – discovered
décrit – described
déjà – already; yet
demain – tomorrow
demande – asks of; request
demandé – asked
demander – to ask
dépassé – passed
depuis – for; since
dernières – last
derniers – last
derrière – behind
des – of (the); (some); about the
désarmée – disarmed
descendre – descend
descendu – got down

descendue – got down
détermination – determination
déterminé – determined
déterminer – to determine
détournée – turned away
deux – two
deuxième – second
devais – had to
devait – had to
devant – in front of
devenaient – were becoming
devenait – was becoming
devenir – to become
devenu(e) – became
devez – have to
devons – have to
devra – will have to
devrais – would have to
devrions – would have to
Dieu – God
dirai – will tell
dire – to say
directe – direct
directement – directly
dirigée – led
dis – say
disait – said
discussion(s) – discussion(s)
discuté – discussed
disent – say; are saying
dit – says
dites – say
document – document
dois – have to
doit – has to
doivent – have to
donné – gave
donner – to give
donnera – will give
dormait – slept
dormi – slept
dormir – to sleep
douce – soft
doucement – softly
douleur – pain
dramatique(s) – dramatic
drapeau – flag
du – of the; from the
dû – had to
duchesse – duchess
dure – hard; go on, last

E

éclairé – cleared
écouté – listened to
écoutent – are listening to

écouter – to listen to
écoutez – listen to
écrire – to write
égale – equal
égalé – matched, equalled
église – church
eh – er
eh bien – well
élégant – elegant
elle – she; it
elles – they
embrassé – kissed; embraced
embrasser – to embrace
emmené(e) – took
emmener – to take
  emmenez-moi à – take me to
émotion – emotion
en – in
  de moins en moins – less and less
  de plus en plus – more and more
  en ...ant – (while) ...ing
  en colère – angry
  en haut – up high
  en quoi – about what
  en retour – back
  en route – on my/her way
encore – again; yet; even
  encore une fois – one more time
encouragement – encouragement
encourages – encourage
endroit – place
enfance – childhood
enfant – child
enfants – children
enfuit : s'enfuit – is fleeing
ennemi – enemy
ennemis – enemy; enemies
énorme – enormous
ensemble – together
ensuite – then
entend – hears
entendaient – heard; were hearing
entendais – heard
entendre – to hear
entendu – heard
entourage – entourage; following
entouré – surrounded
entourée – surrounded
entraînée – trained
entraînés – trained
entrait – entered

entrant – entering
entre – between
entrée – entered
entrer – to enter
entrera – will enter
entrés – entered
envoyé – sent
envoyée – sent
envoyer – to send
épaule – shoulder
épée – sword
équipée – equipped
équipements – equipment
es – are
espérais – hoped
espoir – hope
essayé – tried
essayions – were trying
est – is
et – and
étaient – were
étais – was
était – was
été – been
  a été – was
  ai été – was
  ont été – were
êtes – are
étions – were
être – to be
eu – had
  il y a eu – there was
eux – them
examen – examination, series of interrogations
examiner – to examine
exempté – exempted
expérience : par experience – from experience
explication(s) – explanation(s)
expliquer – to explain

F

face – face
  a fait face à – faced
  face à – in the face of
  face au – before; facing
  faire face aux – to face; to confront
facilement – easily
faim – hunger
faire – to do; to make
  faire confiance (à) – to trust
  faire face aux – to face; to confront
  leur faire perdre – to make them lose
  me faire venir – to let

me come
te faire couronner – to have you crowned
te faire soigner – to let them take care of you
fais – do
comment fais-tu – how do you do it
faisait rage – was raging
fait – done; made
a fait – made
a fait face à – faced
ai fait écrire une lettre – had a letter written
nous l'avons fait suivre – we had her followed
faites – do
faites venir mes frères – have my brothers come
faits de – made of
fallait : il fallait – she had to; we had to
famille – family
fatigue – fatigue
fatigué(s) – tired
fausse(s) – wrong; untrue
faut : il faut – I/you/we need to; it is necessary
femme – woman
femmes – women
ferait confiance – would trust
feu – fire
février – February
fidèle(s) – loyal
fièrement – proudly
fille – girl
fils – son
finalement – finally; in the end
finançait – was financing
fini – finished
flamme – flame
flèche(s) – arrow(s)
fleuve(s) – river(s)
fois – time; times
folle – crazy
force – strength; power; force
forcée – forced
formidable – tremendous
fort(s) – strong
forte(s) – strong
fortement – strongly
forteresse – fortress
fortification – fortification
fortifiés – fortified
français – French
Français – French people
française – French

la **France** – France
frère(s) – brother(s)
froid – cold
froidement – coldly
fui – fled
fuir – to flee
futur – future

G

gagné – won
gagner – to win
gagnerons – will win
gagnions – were winning
garçons – boys
garde : si tu baisses ta garde – if you let your guard down
gardé – kept
garder – to keep
genoux – knees
gens – people
gentil – kind
gentille – kind
geste – gesture
goutte – drop
grâce – grace
grâce à – thanks to
grand(s) – large, great, grand, big
grande – large, great, grand, big
grandement – very
guerre – war

H

habillait : s'habillait comme – was dressed like
habille : s'habille comme – dresses like
habillé(s) – dressed
habiller : s'habiller avec – wearing
harmonie – harmony
haut – high
du haut de – from the top of
en haut – up high
haute – high
hésitation – hesitation
hésité – hesitated
heure(s) – hour(s)
histoire – history; story
histoires – stories
hochement – nod
homme – man
hommes – men
honorée – honored
hostile – hostile

hostilité – hostility
humaine – human
humble(s) – humble
humblement – humbly

I

ici – here
idée(s) – idea(s)
il – he; it
il faut – it is necessary; need
il y a – there is
il y a eu – there was
il y aura – there will be
il y avait – there was
ils – they
image – image
imaginer – to imagine
immobile – motionless
immobilité – immobility
impatience – impatience
impatiente – impatient
impénétrable(s) – impenetrable
important – important
imposant(s) – imposing
impossible – impossible
impôt – tax
impressionnante – impressive
impressionner – to impress
informée – informed
insisté – insisted
inspirées – inspired
inspirer – to inspire
instant – instant
insultant – insulting
insultes – insults
intelligence – intelligence
intelligentes – intelligent
interrogations – interrogations
interrogée – interrogated
interroger – to interrogate
interrompre – to interrupt
interrompu(e) – interrupted

J

j' – I
jamais – never; ever
je – I
jeté – threw
jeune – young
joie – joy
jouant – playing
jouer – to play
jour(s) – day(s)

journée(s) – day(s)
juge(s) – judge(s)
jugée – judged
jusqu'à – until
juste – just

K

kilomètres – kilometers

L

l' – him; her; the; it
  l'un des – one of the
la – the; her; it
là – there
laissaient – would let
laissée – let
laisserai – will let
laissez-nous – leave us
langue – language
le – the; him; it
légende – legend
lendemain – the next day
lentement – slowly
les – the; them
lettre – letter
leur – their; (to) them
leurs – their
levé(e) – stood up; lifted
lève-toi – stand up
lever – to lift
libérée – liberated
libérera – will liberate
lire – to read
loin – far
long – long
longtemps – long; a long time
longue(s) – long
lourde – heavy
lui – him
lumière – light

M

m' – me; to me
ma – my
magnifique – magnificent
mai – May
main(s) – hand(s)
maintenant – now
mais – but
maison – house
mal – bad
malgré – despite
mangeait – ate
manger – to eat
manière(s) – way(s)
marché – walked
marcher – to walk
marié – married
mars – March

matin – morning
mauvais – bad
me – me; to me
meilleur – best
meilleure – better
même – even; same
mêmes – same
merci – thanks; thank you
mère – mother
mes – my
mettait : se mettait en colère – got angry
mettez – put
mettrai – will put
mettre – to put
mieux – better
minute – minute
miracle(s) – miracle(s)
mis – put
mise : je me suis mise à genoux – I got down on my knees
misère – misery
mission – mission
moi – me
moins – less
mois – month
moment(s) – moment(s)
à ce moment-là – at that moment
mon – my
monde – world
tout le monde – everyone
montait en moi – built up inside me
monté – climbed on
montraient – were showing
montré – showed
montrer – to show
montrerai – will show
mort – death
morts – dead
mot(s) – word(s)
mur(s) – wall(s)

N

n' – not
n' ... aucune – no ... at all
n' ... jamais – never
n' ... pas – not
n' ... personne – no one; not anybody
n' ... plus – not anymore
n' ... rien – nothing
ne – not
ne ... aucune – no ... at all
ne ... jamais – never

ne ... ni – neither ... nor
ne ... pas – not
ne ... personne – no one; not anybody
ne ... plus – not anymore
ne ... rien – nothing
personne ne ... – no one
né – born
née – born
ni – neither; nor
noble(s) – noble(s)
noblesse – nobility
nom – name
nombreux : de nombreux – many; numerous
nord – north
normalement – normally
nos – our
notre – our
nourriture – food
nourrissait – fed
nous – we; us
nouveau – new
nouvelle – new; news
nuit – night

O

obéissais – obeyed
objecté – objected
observait – was watching
observant – observing
observe – observe
observer – to observe
offert – offered
on – they; we
ont – have
onze – eleven
ordres – orders
organisé – organised
ou – or
où – where
oublier – to forget
oublies – forget
oui – yes
ouvert – opened

P

paix – peace
par – by; with
par expérience – from experience
par terre – on the ground
parce qu' – because
parce que – because
pardon – forgiveness
pardonner – to forgive
parents – parents
parlaient – were talking
parlait – talked; was

talking
parle – talks; speaks
parlé – talked; spoke
parlent – speak
parler – to talk; to speak
parmi – among
parole(s) – word(s)
parti – left
c'est parti – let's go
partie – left; part
partis – left
partout – everywhere
pas : ne ... pas / n' ... pas – not
pas du tout – not at all
passe : comment ça se passe – how is it going
passé : que s'est-il passé – what happened
patience – patience
patiente – patient
patienter – to be patient
pays – country
paysage – landscape
paysanne – peasant
pendant – for; during
pendant qu' - while
pensais – thought
pensant – thinking
pensé – thought
penser – to think
perdra – will lose
perdre – to lose
perdu(e) – lost
père – father
périodes – periods
personne – person
personne ne ... – no one
personnes – people
persuadé(e) – persuaded
persuader – to persuade
petit(s) – small; little
petit à petit – little by little
petite – small; little
ma petite – my dear
petite-fille – grand-daughter
peu – a little; a bit
peu à peu – bit by bit
peuple – people
peur – fear
peut – can
peux – can
pied – foot
pied à pied – inch by inch
pieds – feet
pieuse – pious
place – place

placé – placed
plaît : s'il vous plaît – please
pleurait – cried
pleuré – cried
pleurer – to cry
pluie – rain
plus – more; most
n'/ne ... plus – not anymore
porte(s) – door(s)
posé – asked
posent – are asking
possible(s) – possible
pour – for; to
pour qu' – so that; for which
pourquoi – why
pourrais – could
pourrait – could
pourras : pourras-tu – can you
pourrions – could
poussaient des cris – were crying out
poussant : poussant des cris – crying out
poussant des ordres – shouting orders
pousse – pushes
poussé un cri – cried out
pousser un cri – to cry out
pouvais – could
pouvait – could
pouvez-vous – can you
pouvions – could
pouvoir – power
pouvons – can
pratiquez – practice
premier – first
première – first
prenait – would take
prendre – to take
préparations – preparations
préparés – prepared
près – near
présente – present
presque – almost
pressentiment(s) – premonition(s)
prêt(s) – ready
prête – ready
prêté attention – paid attention
priait – was praying; would pray
prié – prayed
prier – to pray

prière – prayer
pris – taken
  a pris – took
  ai pris – took
  avons pris – took
  j'ai pris une décision – I made a decision
prises – taken
prison – prison
privé – private
proche – close; near
prologue – prologue
prononcé – uttered
prononciez – utter
prophétie – prophesy
propre(s) – own
protection – protection
protégé – protected
protéger – to protect
protégera – will protect
pu – could
pucelle – virgin; maiden
puis – then
puisse – could
pure – pure

Q

qu' – that
  ce qu' – what
  parce qu' – because
  pendant qu' – while
  pour qu' – so that; for which
  qu'est-ce que tu as – what's wrong
  sans qu' – without
quand – when
quarante – forty
que – that; than
  ce que – what
  parce que – because
  pendant que – while
  qu'est-ce que tu as – what's wrong
  tout ce que – everything
quelle – which; what
quelqu'un – someone
quelque chose – something
quelques – some
quelques-unes – some (of them)
quelques-uns – some (of them)
question(s) – question(s)
qui – who; that
quitté – left
quittez – leave
quoi – what

R

racontaient – were telling
racontait – was telling
raconté – told
racontées – told
rage – rage, anger
raison – reason
rapidement – quickly
ravi – delighted
ravie – delighted
recevoir – to receive
réconfortant – comforting
reçoive – receives
refusais – refused
regardaient – were watching
regardait – was watching
regardant – watching
regarde – look at
regardé – looked (at)
regardée – looked (at)
regardions – watched
reine – queen
relevé – raised
relève : me relève – get up again
relever – to stand up
rencontré – met
rencontrer – meet
rendez – return
rendre – to return
rentrés – re-entered
répondais – answered
répondu – answered
réponses – answers
reprendre – to take back
repris le travail – returned to my work
respect – respect
respiré – breathed
respirer – to breathe
responsabilité – responsability
ressentais – still felt
restait – stayed
reste – stay
resté – stayed
restée – stayed
rester – to stay
restera – will stay
retirer : se retirer – to pull back
retour – return
retournée – turned (around)
retournés – turned (around)
retourner – to return
retraite – retreat
retrouvé – found (again)
réussi – passed

révélations – revelations
revenir – come back
revenu – returned
revenue – returned
reviennes – come back
ri – laughed
riche(s) – rich
richesse – wealth
rien – nothing; anything
risquer – to risk
roi(s) – king(s)
rôle – role
route – road
  en route – on her way
royal – royal
royale – royal
royaume – kingdom
rue(s) – street(s)

S

s' – if; himself; herself
sa – his; her
sage – wise
saint – saint
sainte – saint
sais – know
sait – knows
salle – room
sang – blood
sans – without
sauvé(e) – saved
sauver – to save
sauvera – will save
sauverons – will save
savais – knew
savait – knew
savants – learned, knowledgeable
savoir – to know
se – himself; herself; to each other
seconde – second
secours – aid
secret – secret
sécurité – security
semaines – weeks
semblaient – seemed
semblait – seemed
sembles – seem
sentaient – smelled of
sentais – was feeling
senti – felt; sensed
sentie – felt; sensed
sentiment – feeling
sentir – to feel
sera – will be
serait – would be
serons – will be
servante – servant
service – service

servir – to serve
ses – his; her; its
seul – only; single
seule – alone; single
seulement – only
seuls – only
si – if; as
  de si belles choses - such beautiful things
siège – siege
signe(s) – sign(s)
signé – signed
signer – to sign
silence – silence
simple(s) – simple
simplement – simply
sire – sire
soigné – looked after; treated
soigner – to treat; to look after
soir – evening
soirée – evening
soit – is; be
soldat(s) – soldier(s)
sollicitation – request
sommes – are
son – his; her
sonné – sounded
sont – are
sorcellerie – witchcraft
sortait – went out
sortie – went out; came out
sortis – came out
souffrances – suffering
souhait – wish
souhaite – wishes
souhaites – wish
souri – smiled
sous – under
statue(s) – statue(s)
suis – am
suivants – following
suivi – followed
suivre – to follow
sur – on; at; about
sûr – true; safe, secure
  bien sûr – of course
sûre – true; safe, secure
sûrement – truly; without a doubt
surpris – surprised
surprise – surprised
survécu – survived
sympathie – sympathy

T

t' – you
t'es marié – you got

married
tu t'appelles – your name is
ta – your
table – table
tard – late
taverne – tavern
te – you
telle – such a
tellement – so
temps – weather
tenais : me tenais – stood
tenait : se tenait câché – was hiding
tenir : se tenir toute seule – to stand all alone
tenue – stood
terrain – terrain
terre – earth
terreur(s) – terror(s)
terrible – terrible
territoires – territories
test – test
testée – tested
tester – to test
tests – tests
tête – head
tient – holds
tirant – pulling
toi – you
tombaient – fell; were falling
tombé(s) – fell
tombée(s) – fell
tomber – to fall
ton – your
totale – total
touche – touches
touché – touched
toucher – to touch
toujours – always
tourné(s) – turned
tournée – turned
tourner – to turn
tous – all; all of them
  tous les – every
tout – everything; all (of)
  avant tout – first of all
  pas du tout – not at all
  tout le – the whole
  tout le monde – everyone
  tout ce que – everything
toute – all (of); every
  à toute heure – at all times
  toute l' – the whole
toutes – all (of); every
travail – work
travaillais – worked
travaillé – worked

travailler – to work
traversant – crossing
traverser – to cross
tremblante – shivering
très – very
tribunal – court
triomphants – triumphant
triomphe – triumph
triompher – to triumph
trois – three
troisième – third
trône – throne
trop – too
troublée – troubled
troubler – to disturb
trouvé – found
trouvée – found
tu – you
tuée – killed
tuer – to kill
tuera – will kill
tués – killed

U

un – a; an
une – a; an

V

va : ça va – it's ok
vaincre – to defeat; to conquer
vaincrons – we will defeat; we will conquer
vais – am going
vécu – lived
venaient – came
venais – was coming
venir – to come
vent – wind
venu(s) – came; come
venue(s) – came; come
vérité – truth
vers – toward
vêtements – clothes
vêtue – dressed
veut – wants
veux – want
victoire – victory
victoires – victories
vides – empty
vie – life
viendra – will come
viennent – are coming; come
vient – is coming; comes
vies – lives
village(s) – village(s)
ville(s) – town(s)
visions – visions
vite – fast; quickly

vivons – live
vivre – to live
voir – to see
voix – voice; voices
vos – your
votre – your
vôtre : le/la vôtre – yours
voudriez-vous – would you want
voulaient – wanted
voulais – wanted
voulait – wanted
vouliez – wanted
vous – you
voyage – voyage
voyagé – travelled
voyager – to travel
voyais – saw
vrai(e) – real; true
vraiment – really
vu – saw; seen
vue – saw; seen

Y

y – and
  il y a – there is
  il y a eu – there was
  il y aura – there will be
il y avait – there was
yeux – eyes

About the author

Jobi Dan'Sy is a French teacher at Moorestown Friends School in southern New Jersey.

She wrote her first book while serving as *lectrice* at the University of Bordeaux. She loves rock climbing, practicing her German Wheel, and having dance parties in the living room.

About the illustrator

Kosovar Cocaj is a self-taught artist renowned for his distinctive approach to art, which seamlessly blends metaphors and ideas into a tapestry of realism. His artistry is a conversation with the viewer, inviting them to explore the layers of meaning within each piece.

Born in Kosovo and having moved to the United States at age 10, Kosovar has navigated and overcome language barriers, channeling his experiences into a rich, visual dialogue. Alongside his artistic pursuits, he maintains an active lifestyle playing soccer and tennis.

Acknowledgments

Many thanks to my students who inspire me to strive to keep language compelling and comprehensible. To the University of Bordeaux for giving me the opportunity to teach and the time to write, and to my friends and colleagues who helped to make it an experience I cherish.

Deep gratitude to readers who gave feedback along the way: Hugo Barrère, Caroline Garrigou Lhéritier, Marisa Ikert, Andy Hauty, Shelly Park, Karen Molina, Sabine Mauri and her students at the Academy at Charlemont, and to my own students and (sometimes) angels Martin Hand, Skye Mada, Lila Smith, and Otis Thomson.

Thanks to Kossi Cocaj, artiste extraordinaire, for the powerful illustrations.

And my special thanks to Kirstin Plante, an amazing partner in this endeavor, whose generous tutorial videos planted a seed and whose chats, suggestions, and words of encouragement have helped the book to grow.

And of course a big thank you to my family, whom I love.

—Jobi Dan'Sy

Arcos novels connect people to the world

People who acquire a new language learn more than just language skills. We also learn to understand the lives and habits of another culture. We need stories to gain insight into the countries where the language is spoken, and to understand and connect to the people who live in those countries: stories about people in their own environment; about travelers who visit the country or newcomers who are learning how to get around; and stories about historical characters that you may encounter in street names, movies, or books. All these stories enhance our understanding and empathy for cultures that are different from our own.

Arcos novels connect people to people

Even in the simplest readers, the psychology of the characters is realistic and layered, so that it is easy for the reader to connect to them and relate events and emotions to their own lives and experiences. Arcos stories are mostly upbeat and light, using a mild humor which allows for more serious topics to be treated while still maintaining a positive feel. Furthermore, our novel collection embraces an inclusive approach, offering positive role models from different cultures, genders, ages, and abilities.

Arcos novels connect people to the language

Reading stories in a new language not only creates connections between language and daily life, culture, emotions, prior knowledge, and experience, but also enhances language acquisition. For us to acquire new language, repeated exposure to words and language structures is essential. That is why, in levels A1 and A2, every single word that appears in Arcos novels is repeated at least four times (and often more) in the course of the story. In higher levels, 98% of the words are repeated three times or more in one form or another. Readers recognize these words with increasing ease with each encounter, thus creating space in their minds to understand a greater variety of sentence structures. Even in beginner level novels, readers comprehend more complex sentences when the words are easily recognizable, helping them become more agile with the language as they read.

ARCOS
PUBLISHERS

Made in the USA
Monee, IL
11 November 2026

68341142R00059